でらしね

小林坩堝

思潮社

でらしね

小林坩堝

思潮社

折れ曲がって陽に背を向け
痛苦の叫び声をあげる人びと
舞い散るガラス片の反射光
これは現実ではない
これは虚構でもない
それではなにか

言葉だ
唾棄しろそんなもの
燃やせそんなもの
だが仔細な観察をやめてはならない
そしてまたおまえは
おまえ自身をも
唾棄し燃やし尽くさなければならない

目次

装幀＝斎藤種魚

でらしね

パースペクティヴ・パラノイア

叙景／ゆっくりと流れてゆくネオン・サイン、淀んだ水面に影を映して、佇んでいるふたり、からからと自転車の眩しいライト、終電車の走り去る音、なおも永遠に渡れない踏切、怒ったような顔をして、新聞紙を枕に眠るひと、見知った誰かのような、似ているということを矜持に歩く少女たちの背伸びしたヒール、灰青のジャケツのポケットに両手を突っ込んで、黙って過ぎ去ってゆく一群、明日は××、聴き取れない街の名前を聴く、聴き取れない名前の街へ、草臥れて去ってゆく、明日も佇んで往来、照らすのは投擲された焔ではない、躓くのは剝がされた街路の為めではない、消えない街灯、きれいに伸びてゆく舗道、なにもないから、転倒するのだ。

悲歌／夜は淋しい、否、夜が淋しい、熱帯夜に布団がつめたい、埃っぽい頁の間隙でひと呼吸、ひと呼吸、顔を埋めて、これはいつか嗅いだ廃墟の解体工事現場の匂いだ、活版印刷の活字に、知らない誰かの涙の一滴、薄青く視えるのは、夜明けじゃないね、最期の焔か、ムンクの神経症だ、あ、あ、青い影は飢えたる犬のもの、おれの足もとから伸びているのではない、その犬も駆け出してとうに行方知れずだ、不眠の夜明けは赤い、悲しい、窓辺に立った理由を思考するその前に、あゝいつのまにか窒息、している………、

▼銀色の街を往く、ビルディングは真昼のひかりを反射して、男たちは防護服にガスマスク、消毒作業に忙しい。二〇世紀の終わりに伸びて行ったビル群は、とても清潔。とても空虚。排気口のノイズと、電算室のかすかな駆動音、キーボードを叩く音、咳払い、雑駁に言えばただそれだけの日常。無限にコピーされるのは無限に増殖してゆく宣伝広告で、白い紙片で指を切る、流れるものは、チ、ではない、ましてや、ナミダ、である筈もない、痛みは痛みとして拡大再生産され、キャッチコピーが彩る欲望のなかに消費されてお終い、お終い。

▼銀色の街を往く、中心に暗い公園がある。影のような人びとが、それぞれに、おのおののなすべきことをなしている。大抵眠っている。そこへ男たちがやってくる。滅菌するための紙切れをばら撒き、静かな語調で語りかける。ガスマスクを被った顔は、表情ひとつ変えることなく通知する、紳士的な、きわめて紳士的な、暴力をふるう。武装した男たちの重装備を視て、誰かが嘲笑った。笑いは伝播して、男たちを取り囲んだ。男たちは、静かに佇んでいる、ガスマスクのガラスの向こうで、かれらの瞳は、蔑みの暗いひかりを放っている。

▼銀色の街を往く、不意と潮の香りが流れてきたように思い立ち止まる。波が街を呑み込むことを夢想する。きっとそれは、この街で繰り広げられているあらゆる事象よりも、うつくしい出来ごとであろう。すべてのビルディングを越える高さで、波はとどまることな

く押し潰し、流し、濁ったみずうみになる。真っ黒な、あぶくと死者の浮かぶみずうみになる。透明な黒色の水面を覗いたならば、銀色の街がゆらめいて視えるだろう。きよらかな静止が、狂おしいほどにうつくしく暴力的に、淀んであるだろう。

▼銀色の街を往く、田園風景が視える。花売りの少女が視える。片脚のない男が小銭を掌に並べているのが視える。靴磨きの男が退屈そうに煙草をふかしているのが視える。分厚い原稿を抱えた男が焦燥しきって彷徨っているのが視える。

▼銀色の街を往く、行きどまりの日常に、足踏みしているおれ、が視える。歩行歩行歩行。

あなたの、あなたを、あなたですか

「われわれは立ち遅れ、だが立ち上がらずにはいられなかった。そうではないですか。あなただって」

——というと?

「それだけのことです。わたしが言いたいのはそれだけだ」

I

公園に灯がともされ、
幻燈のように人びとが集いはじめる。
せわしなく白い息をはき出して、
青帽子の男が合図した。
くたびれた影が列をなし、

そうして
配給がはじまるのだ。
やあ　おれたち空気になってしまうね。
誰かがかわいた声で笑う。
応える者はなく
貪食の音だけ聞こえる。
ともされた裸電球が明滅を繰り返す。
食膳に砂が山盛りに、
次つぎ手渡されるのだった。

——くわしく話して頂けませんか
「すでに言っているではないですか。たとえばわたしがいまあなたを殴るのに理由が要りますか。わたしはもうなにもかもを云いましたよ」

II

守銭奴はだれだ！
守銭奴はだれだ！
或いはただ在るが為めに
われわれはわれわれを
切り売りしなければならなかったのだ。
或いはただ立ち尽くし
見えないなにかに
脅え続けなければならなかったのだ。
雑踏……、／近視の怪物が
わたしだけを睨んでいる！
わたしはパズルに没頭しており、
組み合わせと確率のことで頭が一杯だった。
気付いたときにはいつも手遅れだ！

——しかし、それではあんまりです、あんまりですよ。そんな悲しいことってあるでしょ

うか。わたしはあなたを前にして、どうしたら、
「つらいですよ。わかったでしょう。こんなこと…ああ、今夜はもうやめにしましょう。いや、えいえんに決別することになるかも
知れない」

Ⅲ

隣人は
手をさし出す。
わたしは応えることが出来ずに、
俯いて微笑した。
「握手……」
くたびれた鞄がやけに重く
気付くと半身コンクリートに沈み込んでいた。
隣人が燃えてゆく、
ふと

怒りのような感情が脳裏を掠め、

「わたしです」

「いいえ」

「わたしです」

「いいえ」

「いいえわたしです」

「いいえ」

「あなたは」

わたしです。

いいえ。

見上げた。

青信号がうつろに灯っている。

ヒカ

Ⅰ

※われわれは挫け続けるほかない……
真夜中ふとペンを置き、ぐるりを視まわす。
部屋の薄闇に立つそのひとは、
いつも古書の匂いを纏っていた。
書架の奥の暗いところに
ていねいに仕舞われた箱入りの《……》
黄ばんだ顔をして
笑った――
ラジオのスイッチをひねると、
何か　巨きな気配が辺りに満ち、
国家はスピーカーからノイズまじりに
つぎつぎ増産されるらしかった。

（増血剤を下さい！　増血剤を下さあい！）
冷たくなった指をすり合わせ、
暗い革命を想う。
ぎんいろの、あのてらてら照っているものはなんだろう。

※年号、昭和
おれは
走り去って往く行列の
その最後尾につくことも許されないのだ
と。
くる・こない・打って出よ・はじけ飛べ・
パレードだ祝祭だ突き上げろ！　いま！
／泥まみれの妄執が　煙をあげている
／或いは見知らぬパノラマに　自らを見出して（しまった）
／絶望のような形を描いて回り続ける円の
／外側で土の臭いを嗅いだ
／円は乱れることなく　それ自体が一個の乱調として

／おれを疎外し続けているのだった

切抜きの山に顔を埋め、
そのまま息絶えた。
台所で
なにかを火にかけたような気がするが思い出せない。
爆ぜる音だけ聞こえる。
ぎんいろの、あのてらてら照っているものはなんだろう。

※いまは眠り続ける
黒い羽をみがき、
燃え上がる原野から飛び立つ。
「おまえのことだよ。呪われろ！」
夢魔はそのひどい近視眼のために、
……いつも焦点のずれた**怒怒怒**れたようなきれいな視野で、
…………すべてあらゆるものとの距離を測りか**怒怒怒怒**ねている。
さし伸べ**怒怒**た手に、つめたく雨だけが降りかかった。

見えない、見えない、見えない、……
ぎんいろの、あのてらてら照っているものはなんだろう。

※昨日うらぶれた火葬場に骨を拾いに行きました
　肖像画／笑う（われわれ、という言葉のまえに
　肖像画／笑う（われわれ、は立ち尽くすほかなく
　肖像画／笑う（各々のジャケットで、拳で、「……おい、泣くなよ！」
　かわき、くだけ、折れ果てた、
　　生白い熱病が、
　　、を、狂わせ、る
ぎんいろ！　の、
渇望だけ。

　　警笛！
　　過去へと下るその
　　列車は列車として垂直であり、
　　薔薇は薔薇として不可死であり、

くちぶえ……、
吹くだけかなしい。

II

まつり囃子がきこえる。
いやに晴れた青空だ、
わたしは
公団住宅の屋上から、
新聞紙に火を点けては
ばらまいていた。

※まるく影がおちている
かげろう
白く立ち昇り
煙っている、おまえ。

荒れて砕ける海を望む。
紙ヒコーキを飛ばす、
吹きあげる風にまかれて、
すぐに戻って来てしまう。
足もとを見やれば
そこにまるく影がおちている。

地平線に
揺らめいている、おまえ。
夕日をうけて燃えはじめている。
そこにまるく影がおちている。

※舞踏から
生活があります、
広告があります、
喧噪があり、
わたしの斜向いにおまえ、
行間は、ひとまず墨で塗り

潰さなければなりません。

なんでも舞踏からはじめるのが一番だ、と
われわれは不慣れなステップを踏み、
すぐに転んでしまいました。

※切り抜き、抜き書き、スクラップ・ブック
「さようなら、さようなら！」
石を投げるときおれは
半円を描いて素早く回転する腕を呪う。
呆気なく落ちていく軌道を呪う。

地下には
黒っぽく濡れて
沢山でかたまって
瞬きもせずに
じっと
こちらを

見つめる
泣き出してしまいそうな
——飛べ、飛べよ、！
——おれも、おまえもいない「むこう」まで
——そして当たり前におれを斬首しろ！

思い出
が
ある
　ある。

Ⅲ

※これは日記です。
　これは？
これは蟻でしょう。歩いてるし小さいし。
ふうん？

違うのかな、うん……、ああ?
蟻かな。
うん……こうやって潰したら、ほら…ああっ。
血が、真っ赤な、血が、わっ。
これ、泣いてるよ、黒い眼がこんなに潤んで。
うわあ、こんなの蟻じゃない、蟻じゃない!

※やさしい顔をして
「復讐するつもりではない、
　だからここに来る筈ではなかった、でも、」
マッチはいつも湿気ていた。
古い手帳を開くと、
そこには読めない文字が踊る。
まだ書かれていない数頁を発見し、
その余白に幾度かの

　　はっはっはっ走って

はっはっ
放火しろ、白紙を燃やして、はっはっ

呼吸を捧げる、（マッチはしまったままで結構！）

落伍する。

※ヒカは悲しくない。
炎が呑みこんでゆく、炎が街を呑みこんでゆくのが視えるか。おれやおまえの時代のはなしは、しない約束にしようつまり、焼き尽くせと言っているのだ。おれはおまえを憎む、おまえはおれを視ていない、ね、しかし、おれはおまえを視ている。おまえが踏み出すようにして、おれは躓いてみせる。歌が聞こえるか、

（聞こえない一度だって聞こえたことがあったか？）

泣いているのではない、アスファルトにひかる一粒だ。


ヒカ！

※パースペクティヴ
よろめく線上に、ぐわんと照りつけるのは、
引力の残酷であり、陽は高い、
振り上げた腕はたちまち改竄されて空間を汚した、
おれやおまえは
突っ立っていただけだ。
永いまどろみのなかに在る花束や、金属のきらめき、
土塊、そういう全てのものども（暮れる……、）
ひたすらに影だけが伸びてゆく。

廃棄された紙片が、
狂った図法の遠景に散らばり、
駆け寄ると、
点から点
消失していった。
視上げる、
と、

そこに街が
燃えはじめる。

薔薇は咲いたら枯れるだけ

地下鉄は、都市の深奥を貫いて往く。
おれはドアのガラス越しに、
なにか、きらめくのを視た。
星屑のようなそれは、
闇のなかにいくつも視えた。
瞳だ、
下車すべき駅を喪失した、
乗車すべき駅を喪失した、たくさんの瞳、
が
濡れてこちらを視ているのだ。
おれはレールの軌道のうえ、
はしる列車の振動のうえ、
瞳は薄闇のなかで、呼んでいる、
ちかちかと瞬いて、

呼んでいる、呼んでいる、……。
カーブを曲がると、プラットフォーム、
人びとの流れに身を任せ、
あかるい雑踏に佇むおれの、
胸に一輪、薔薇が枯れて散ってゆく。

季節は萌えず修辞され、
書きかえられない思い出を、
うつくしく飾るために造られる。
都市はいつも隠している。
鉄骨をご覧、アスファルトの舗道をご覧、
おまえのライトで照らしてご覧、
生白い足や、もの言わぬ唇、焼け焦げの痕、……。
おれの、否、おれたちの足もとでくすぶっている、
にがい煙草の煙のようなもの、
おれたちが去れば、
ぬるい夜に消えてゆくだろう。
道路脇に手向けられている、

薔薇の花束が、視えるか。
死人に薔薇など似合わぬと、
おまえは暗く微笑んだ。

渦のような夢のなかで、おれはきみの名を呼んだ。
赤い赤いワンピース、
きみはなにか、巨きな影のようなものに包まれて、
おれに言葉を呉れない。
黒光りするまなざしが、
おれを知らない、と、語った。
おれはきみの名を呼んだ。
カーテンを閉ざすように、
きみは目を瞑り、影と消えた。

薔薇の似合うそいつのことを、
おれたちは知っているような気がする。
おれたちは忘れているような気がする。
けれども、薔薇は咲いたら枯れるだけ、

おれたち忘れて歩くだけ。
そして別れて背中を向けて、
都市の街路に散ってゆくだけ。

機械

雌雄混合の自瀆主義者は、
一挙手一投足に金属製の義肢を鳴らした。
機械のからだが欲しいのよ。
渇きも湿りも無いからだが欲しいの。
おれは云うべきだろうか、
（それこそが渇きであり湿りではないか？）
しかしおまえが無邪気に笑うから、
おれは愛に似せた言葉を発してしまう。
おまえとおれと凡百のラヴァーズよ、
かなしい被膜の裂け目からこぼれたナミダよ、
あらゆる生産行為を拒否しろ非難しろ破壊しろ！

ダム湖は決壊するそのときの為めに、
頭蓋いっぱいにみちみちて、
静かに波立つ。

歯車は運動するそのときの為めに、
使い古しの潤滑油で、
ぬめって光る。
掛け算で駆ける人生なるもの、
いましかないから過去はオモイデ未来は不明。
おまえの脚に舌を這わす、おまえの手を握る、
つめたい、
つめたい軽金属だ、
おれもからだじゅう、
金属のそれと同じだけ冷えきってしまえば、
（それこそが渇きであり湿りではないか？）
おまえと正しく交叉することが出来るのだろう、
誤謬を愛おしむことなく愛せるのだろう。
対面してふたり耽る自瀆に、肉体は美しく在り、
精神は、……笑えよ！
（それこそが渇きであり湿りではないか？）
無力そして無縁、
言葉では軽すぎる沈黙では重すぎる。

さよなら夢幻島

夜の路上が濡れている。
ために、
おれたちはすぐに転んでしまうのだと、
言った先から転倒し、
ぐるりのぐるりを視まわせば、
いつもピントのずれた視野、
おれたち寝転んで、
夜明けまで
（血だ……）
ひとり。

夢幻島はありました。
泳いでゆくとたしかに、遠く霞んで視えました。でも、まぼろし
でした。濡れたからだが脱力して、帰るべき陸は視つからず、視

界は次第に白い波に覆われてゆきました。わたしたちは、切符を握りしめて、ぼんやりした青空を仰ぎ視ました。切符の印字は消えはて、手のなかのそれはもはやただの紙切れに過ぎないのですが、わたしたちはどうしても手放すことができないのです。

そこを、
掘削機が
つめたいボディを軋ませ通る。
おれ、や、
おれたち、が、
涙ぐむ
うえを蹂躙して往く。
街にはひかり溢れ、
うつくしい滅菌処理が（血だ……）、
殺しにかかる。
静かに眼を瞑った、
おれの
瞼の裡でぶら下がり

そしてくずおれた
男の
首に絡まってほどけない
ロープで、
おれたち囲われて、
「立ち入り禁止立ち入り禁止立ち入り禁止」

口のなかが塩辛く、焼けるようです。涙ではありません。でも、涙も海水も同じようなものかも知れませんね。温い風が吹き、波は穏やかですが、わたしたちのからだは冷え切ってしまいました。ひとりが笑うと、わたしたちみな笑いました。さよなら、さよなら夢幻島。夏はもうすぐそこまでやって来ているようです。

路上にさよなら。
おれたちにさよなら。
わたしたちにさよなら。
歩いて行く。
おれの足首は折れかけ、

濡れた道程に
殺意だけがぎらついて視える。
まぶしいのは臆病だからだろうか。
否。
泣いてしまうのは悲しいからだろうか。
否。
歩いて行く。
握手をした手を振りほどいて、
笑いながら去るべき季節なのだ。
おれのおれたちはもういない。
歩いて行く。
、
　、っ
　　　　転倒する。

＊

波が打ち寄せ、引き、
密航者が途絶えた島に

楽しげなざわめきがみちる。
きょうも快晴、
劣化したコンクリートのうえを
無数の足音がわたる。
降伏の白い紙片が波間にひかり、
たくさん、
たくさん、
渦をまいて消えた。

踊れない

踊れないと言うまえに踊りだしているおまえの手足はなんだ破調して破綻して破戒しておまえは言う「踊れない」！　おれはおまえが嫌いだおれと同じ日常をおれと同じように鏡映しに生きるおまえが嫌いだおれと同じ顔で笑っているおまえが嫌いだおれが言う「踊れない」！　あゝ季節は繰り返すおれもおまえも詐欺師の顔した季節に斃れるそしてなにごともなかったかのように忘れ否忘れたふりをして立ちあがりお仕着せの言葉を自ら背負い込んで自害も他害もない被害も加害もないぼんやりとながれる水面濁った水面「踊れない」！　そんなに棄ておかれることが怖いかそんなに過つことが怖いか聴こえない声に耳を傾け聴こえない声を聴こえない声のまま発語して誰にも届かない叫びをあげ続けるその無為に身を立てかけて狂うことに狂うそれがもてる矜持のすべてならばそのように踊れ！　いますぐに踊れ！　おれのおまえのもたれている灰色の電信柱は何処までも連なってゆくけれど接続つまりは断絶の自覚のもとに細い影を路上に投げかけて屹立する絶望の体現だそこにおれもおまえも希望を見出すだろうしかし青空！　照っているあれはなんだ土くれが降る土くれが降る雨よりも涙よりもやさしく土くれが降る風景を汚して埋めてゆく「踊れない」！　（悲しそうな顔をしていますね。悲しい出来ごとについて訊いているのではありません。悲しそうな顔をしているという認識を言葉にしたのです。対話ではないのです対面して浴びせかける独語です。ひらかれているかの如くに装った自閉です。ね、そうやって時間を重ねてきたのじゃないですか。これまでずっとこれからもずっと。それでも吼え声や慟哭や嘔吐や叫びやそういうものどもが差し伸べた手を握らせる握り返させる。抱きしめてこんなに冷たいのは夜が明けるからでしょうか。海を視たい。幻視はもうご免です。部屋じゅうに溢れてしまえばきっと愉快なことでしょうね。鏡に口づけすれば誰かとつながれるのでしょうか。水面じゃいけないでしょうね。あんなに濁ってノイズ否オモイデでしょうかそんなものでいっぱいですから。バクテリヤが悲しそうなひと呼吸に死んでゆくのです。無知など知などいずれにせよ美しくなんかない）「踊れない」！　季節は何処まで繰り返すのか鳴りやまない声声声あゝくちぶえをくちぶえをどうか声がかれるまでなにもかも裂けるまでそうすれば視えるだろう聴こえるだろう炎があがるあかあかと水面に焚きつける祝祭だセレモニーだちぐはぐに身体じゅう持て余す踊れないおれがいるおまえがいるおまえがいるおまえがいる…………

叙景——黒く塗り潰された「われわれ」の為めの

※暮らしのあった風景

その朝、雨が降った。その朝、生活は終わった。アパートの扉の外側に、立っている男たち。光っている革靴。遠く、遠く、黒光りする列車の、鉄橋を渡ってゆく音を聴いたような気がして、シアン化カリウム、それきり生活は終わった。

ちくたくの時計は炸裂するときを待っている。刻まれているのは時間ではない、すくなくとも時計はおれを前進させない。おれは広場でおまえが待っているのを知っている。おまえはおれが永遠に現れないことを知っている。焼けた旗を引き摺って、おまえはひとりで円形広場の外周をめぐる。おまえがもてるありったけの重さを左足にかけ、一歩、踏みしめて一歩、踏み出して一歩、そして……「そしてその先へ」。


肉塊は美しい。そこにはなにも宿っていない。ナイフを突き立てれば生温かく死せるずぶずぶ、食卓は騒がしく、せわしく、日常の些末を幸福の如く取り繕って、あゝいつのまにか腐ってしまった。

乾いた清潔な畳敷きの部屋に、生活の擬態として横たわっているふたり。天井の木目を数えあげ、そのぶんだけ夢を潰した。男が言った、「ここから出るときはもう帰らないだろう。この部屋は永遠にガランドウとして誰も待たず誰にも待たれず、ただおまえ、鍵を持っているね。何処に帰り着くこともないのに、おまえは鍵を持っているね」女は俯いて、黄色に変色した畳を撫ぜていた。「鍵はこの部屋の扉を最後に閉ざすためにある。そのあとのことは知らない。誰をかくまうこともなく、昼夜この部屋は森閑としてずっとずっと在り続ける。そう、そう、玄関のチャイムが壊れてから、訪ねてくる人はいなくなったね。わたしたち、もういなくなったね。わたしたちしかいないね。焼け跡だけ残して、いいよ、いまほんとうにわたしたちいなくなることだって出来る」

失くしたものの数だけ、前進してきたつもりでいた。だがおれは畢竟佇むことで精一杯の己の姿を発見しただけだった。おれが失くしたのではなかった、おれが存在するそれ以前の時点において、おれの失くしたものは既に失われていた。おれは終わりからはじめたのではなかった。おれは終わりを終わることに終始して、ひたすらにあらかじめ失われたものを数えあげ、そのぶん失った気になって、突っ立っておれ、喧騒のなかでおれ、終われない生をいくつも踏み潰しては、おれの影の伸びてゆくのを、「視よ！　永い永い静止のただなかで、黄色く乾いた吐瀉物が、ひりつく咽喉の赤黒い爛れが、青ざめたおれの泣き顔が、」ガラス！　割っても乱反射の暴力が、ああこんなに、冷たくて、やさしい、……鉄塔が折り重なるようにして整列、整列、田園の、そのなかでたくさんの肖像画が笑っている。モノクロームに花を手向ければ、それは死として、いよいよ彩度を失っていった。呼びかけると、おれの声だけがこだまする。いくつものつらい残響となって（恐怖という言葉をおれは識っている。交わりえないものどもとの邂逅を幾度となくやりすごし、ひとりの部屋で眠る夜を幾度となくやりすごし、ただ、握った手のあたたかさ、窓から視た朝焼けのおだやかさ、その、それだけの風景、おれの生活の、ありったけの範囲）、おれはおれの名前を叫んでいた。

※魔子のいる風景

「あたしあんたの血みどろで、生まれた瞬間死んだ魔子。そして医学の残酷なチューブが、あたしを生かしたねえねえなんで魔子はここにいるの？　白い燃えかすのあんたに訊いても、知ってる！　いいのよ海に撒いてそれでお終い。さようなら、あたしあんたの血みどろで、黙って散ってくあんたは魔子じゃない」

足音が無数に重なって、さまざまの色に染め抜かれた旗がひるがえる、封鎖、封鎖、封鎖。立てこもるのではない、飛ぶためにのぼる、その高くて低い砂上の楼閣。魔子は暗い階段室にいた。白い魔子の身体が、そこだけ浮かびあがって視えた。

「ねえ鳥が飛んでるの、視える？」

黒い瞳をきらめかせて、錆びたサッシの外を指さした。

「視えないでしょう、だって飛んでいないもの。敗けにゆくの？　まだなにもはじまっていないのに？　はじまらないから、敗けるの？　ねえ、あたし飛べるのよ。あんた飛べないでしょうけれど、どんなふうに飛んだらいいのか教えてあげる。ねえ、あたし飛べるの。でもね、魔子は鳥じゃないのよ」

なにか砕ける音がして、汚れたガラス窓がかすかに震えた。白昼に、ゆがんだ影だけ滑ってゆく。

「魔子は鳥じゃないのよ」

遠い遠い、誰も知らない場所まで、誰もが夢視た場所まで、

「……あたし時限装置つきの飛行体よ」

※暮らしのあった風景
テレビのチャンネルをひねると、砂嵐がざあざあと流れ出てくる。脚を幾度となくその細かい砂粒にすくわれ、埋もれ、眼球だけざらついた風景を凝視していた。

……怒号。悲しみに似た感情の渦のなかで、人びとが、声を、拳を、おのおのもたれあいながら、その身体の重みの一切を流れに任せて、持ちうる全てを虚空に向けて、……

「放送終了」

反復する「放送終了」。「おれたちは遅れてしまったのだろうか」夜明けのカーテンにキ

ボウという文字を思い浮かべながら、ひと息に引き開け、結露する濁った窓をぬぐい、視る。街灯に一匹の蛾がまとわりついて、チカチカの明滅に、その姿を晒している。曇天が重く膨れている。「ねえおれたち……」「出発しなければならないときがある。そのときが来る。わたしたちはそこからはじまる。いま、とか、むかし、とか、この部屋にそんなものはない筈でしょう。わたしたちは待っているのじゃなかった？　この長い待機のあいだに、駆け出してしまわないのは、時計がそのときを告げないから、ただそれだけのことじゃないの？」腫れた赤い両の眼が光って視えた。

手紙は苦手なんです。この手紙は一度読んだらすぐに燃やしてしまってくださいね。わたしはいま、いいえ、わたしの所在をここに書き記すことはできないのです。ごめんなさい。でもわたしは在ります。短くすり減った鉛筆でいまこの手紙を書いています。わたしにはきっとこの手紙を投函することは出来ないでしょう。ですけれども、わたしは書いています。ただもしこの手紙が届くことがあれば、あなた、わたしの知らないあなたは、すぐにこの手紙を燃やしてください。わたしは、或いはわたしたちは、憧れでいっぱいで、でも、憧れはずっと抱えたままにしておくと、汚れた怨嗟に変わってしまうものなのですね。あなたを呪うのではありません。あなたが在ること、わたしが在ることへの呪いなのです。そしてわたしとあなたと、わたしもあなたも知りえないところで行き交ってきた全ての人びとの在ることへの呪いなのです。その日、路上は捲りあがり、炎が視えたといいます。たくさんの叫びが、かれらひとりひとりの存在の全てをかけ、狂ったように反響していたといいます。わたし、幻を視るのにはもう疲れてしまったのです。黄ばんだページを繰ると、小さな虫がたくさん這いまわっていて、ちっとも読み進められないのです。わたしの想いは、何処でバクハツするのでしょうか。あなたの擦ったマッチのともしびが、わたしの手紙に触れ、そしてかんたんに燃え落ちたわたしの手紙のくすぶり、何処でバクハツするのでしょうか。わたしは歴史にはなりたくないのです。誰かがわたしの横顔をカンバスに塗りたくることがあっても、わたしとの思い出を書き綴ることがあっても、歴史のなかにわたしの在ることにだけは耐えられないのです。わたしでないわたしが、短い一文のなかに立っていること、その残酷に耐えられないのです。それではさよなら。

※魔子のいる風景

なにが写っているのか知れない、モノクロの写真を破いては、魔子は声を立てて笑った。

「ねえ、あたしのお家はね、ダム湖の底に沈んじゃったの。だから帰るところなんてないのよ。水辺に立つとね、ときどきあたしの大切にしてた人形や、繰り返し読んだ絵本なんかが視えるような気がすることがあるの。でもね、あたしはあたしの顔が水面にゆがんで映っているのを視ているだけなの。知ってるけど、魔子信じない。あのね、事実は事実でしかないのよ。魔子知ってるの。ねえ、魔子はあんたの目の前にほんとうにいると思う?」

魔子は写真を破くことに熱中している。

「思い出を信じてるの？　あんたが投げた石、それで、どうなったの？　石は何処へ飛んでったの？」

魔子はマッチを擦った。山のように積もったばらばらのモノクロームの上に、炎が広がる。

「あたしは沈んだ家になんか帰りたくない。それだったらいっそのことコンクリートの壁にでも埋められる方がましだわ。でももっと素敵なのはね、視て、……」

魔子は燃えさかる紙片の上に立ち、そのまま横たわった。魔子の白い身体が、爛れて焦げてゆく。

「魔子は火が欲しいの。ちっとも熱くなんかないのよ、これは狼煙よ」

※暮らしのあった風景
　傘で顔を隠した影のような人間が幾人か、古ぼけた喫茶店に入ってゆく。「虹だよ」誰かが言った。「虹だ。虹がかかる。雨季をつらぬいて、虹がかかる」「おれたちは待つさ、永遠にそのときが来なくとも、おれたちは濡れた草むらに伏せて、そのときを待つ」「おれたちは風のように消えてしまうパルチザンじゃない。おれたちはすばやく仕掛ける、そして待つ。そのときの来るのを待つ」雨が窓を洗う。白く煙った風景、街のかたちを斜めにつらぬく細い暴力。溶けてゆく氷、薄まってしまったアイスコーヒー。

街頭で叫び声をあげる者が在った。夜明けのプラットホームで吐瀉物にまみれて眼を瞑っている者が在った。視ている、視ている、視ている、だけ、の瞳が無数に光って通りすぎていった。

アパートの奥の部屋へと続く、濡れた小路をゆく。ドアノブに鍵を差し込み、「ただいま」、誰かに借りた言葉、「おかえりなさい」（われわれは血を欲していたのではなかった。振りあげた拳が感じる痛みが欲しかった。転倒して身体じゅうを駆け巡る痛みが欲しかった。そこらじゅうの雑踏に、或いはカーテンを引いた部屋に、おのおの日常を纏って存在している全てのおまえたちと同じ痛みが欲しかった）。床下に夢を並べて、静かに、閉ざしてゆく。指にダンゴムシが這いあがって来るのを、振り落として踏みつけた。丸く縮こまった黒い塊から、硝煙の匂いがした。夕刻の路地は静かだ。

地下鉄の構内に、濡れて佇む男たちの、なにを待つのか、なにに待たれているのか、そこだけ停止している時間、腕時計の刻むかちかち。カーブした暗闇から、正しい軌道に乗って、列車は正しく停車する。男たちは動かない。列車は人びとの乗降を待って、しかし男たちを待つことも、男たちに待たれることもなく、正しく発車して暗闇に消えた。

※魔子のいる風景

「あたしほんものの爆弾が欲しい。こんなおもちゃじゃ厭だわ」

言うなり魔子は火炎瓶を振りあげ、投げつけた。すこしの拘りもないふうに、次つぎ投擲する。夜の街路に炎があがり、すぐに消えた。投げ終えると、魔子はちいさく溜息をついた。

「ねえ……、」

汗を流す人びとの喧騒が、魔子がなにか言いかけたのをかき消した。魔子は駆け出していった人びとの列に加わることなく、その白い身体を薄闇に浮かびあがらせて、じっと閃光のはじけるのを視ていた。「血……」

「魔子はもう血でいっぱいよ。あたしがいま駆けてゆけば、みんなひと息に死んでしまうわ。ねえ、ねえ、あたし夢を視ているのかしら？　魔子は、いるの？　ここに魔子はいる？　魔子はもうすっかり血でいっぱいなの。あたしもう、……」

※暮らしのあった風景

はじめの集いは穏やかだった。男たちは笑いあって別れた。そこには冗漫な対話があり、そこから、その静かな語調のなかから、突然に、苛烈に、勃興して止まない、光に似た、なにかが、なにかがはっきりと動き出していた。教室に終業のベルが鳴る。陽は穏やかに、白茶けたカーテンを透かしていた。

パァン　　　パァン　――――……

そのとき、街は静かだった。そのとき、街にガラス片が降った。そのとき、夢の如くにうつくしいガラス片が降った。切断された電話線から、歌声が聴こえた。叫び声に似た、否、叫び声そのままの、歌声が聴こえた。狂騒の歌声が聴こえた。
そのとき、通じなかった言葉。そのとき、伝えられなかった言葉。そのとき、喜劇でも悲劇でもない、うすぼんやりとした虚無のただなかで、胸を血の色に染めて、口を閉ざしたわれわれ《かれら》。

※魔子のいる風景
「誰もあたしの名前を呼んではいない。でもね、魔子は何度でも蘇るの。あたしの名前を識らない誰かが、きっとあたしを呼ぶわ。あたしは名前も身体も亡って、そして何度でも蘇るのよ。虹がかかるわ。魔子はそこを駆けてゆくの。虹はあたしが走っている間に崩れはじめる、あたしはそれでも駆けてゆくの。虹は崩れて、ねえ、そしたら魔子は飛んでゆ

くのよ」

魔子は駆け出した。閃光と、影のように蠢く人びとの渦のなかへ、魔子は飛び込んでいった。白い身体が闇のなかに消え、

「あたしあんたの血みどろで、生まれた瞬間死んだ魔子。時限装置はもう時間を刻まない。魔子は血でいっぱいよ。さよなら、でもね、魔子は飛べるのよ。あんたが呼べばすぐに蘇るわ」

どよめきがおこった。闇をつんざく轟音とともに、光が爆ぜた。瞬間、全ては影と消え、

…………

※風景
　遠く、遠く、黒光りする列車の、鉄橋を渡ってゆく音を聴いたような気がして、シアン化カリウム、それきり生活は終わった。——

　透けた身体をもった人びとが、飛び出して来る。背景には、崩れた街の燃えるのが視える。人びとの走ってゆく足もとには、たくさんの白い紙片が散乱し、それがかれらの一投足に汚れ、舞い、破れて、燃える借景を覆い尽くした。声にならない歓声をあげ、かれらは何処までも駆けてゆく。沈黙が怒濤の如く、しかし沈黙として無音のまま、騒然と、狂

ったように、出自もなく滅するところもない、流れのための流れに流れ、ただ在ること、踏みとどまること、そして燃えている風景、……おれたちは往くだけの旅行者。おれたちは進むだけの、……ずたずたに破れてしまった紙片は、もはや、ガラスのように鋭利に透きとおって、静かに降り積もってゆく。その冷たさは、雪に似て、しかし烈しく燃えさかっていた。

舞踏だ。涙するより先に、脚が、腕が、ちぐはぐに踊り出す。踊れない踊りを、踊り続ける。床下にくすぶっている手製爆弾、或いは空洞、そのうえで、杯を交わし、酒精の悲しいからさを身体いっぱいに、舞踏だ。踏み出して、円陣を組み、おまえと、おまえと、……、おれ、おれと、ああ、おれだけの、舞踏だ。散逸してひとり、握手してひとり、おれの重量の全てを床に突き落とし、転落、底抜けの、土くれでいっぱいの、

（列車が走って来る。黒光りする車体を軽やかに滑らせて、列車がやって来る。雨あがりの冴え冴えと晴れ渡った碧空に、うすく虹がかかっている。鉄橋の下の草むらに、黙して佇む人びとが在る。顔は視えない。ただ濡れたコートが揺れているのが、重苦しく、暗いかれらの顔面を想起させた。かれらは陰のなか、虹を視ていないだろう。行き交う列車の振動を、かれらは聴いていないだろう。子供たちが乾いた音を立てて自転車をこいでゆくのを、かれらは視ていないだろう）

記憶のなかを、渡ってゆく。焼け焦げた旗が、遠くに振られているのが視える。おまえのおれのわれわれの、たったひとりの風景、炸裂するのはガランドウ、諦念ではなく、希望でもない、ただひとりの重さを信じ、信じたふりをして、「そしてその先へ」！ よろめきながら、立つ、歩く、いま在るというその事実のためだけに、旗は黒色、燃え落ちて、なお、

（かれらの佇む暗いところから、風にさらわれて、ブルーシートが音もなく捲れあがって飛ばされてゆく。鮮烈なる青の反射が、晴れた空より青く、冷たく、スロー・モーション、）

……夢、そのようにして転がってゆく、スロー・モーション、

魔子、その肖像

寝台のうえ、布団からのぞかせた、ほそく青白い、長く伸びた脚を、ひく、ひく、と痙攣させせながら、魔子は無表情でいる。それが魔子の恍惚の表情であることを知っているのは、センセイだけだ。

——魔子、わたしの可愛い魔子。

センセイは魔子のうすい肩を抱く。魔子はガラスの瞳で病室の窓にくり抜かれた曇天を視ている。

——魔子、ロづけしてもいいかい、ね、赦して呉れるかい、

魔子はセンセイの首に腕をまわす、そして褪せた唇をセンセイの唇に重ねる。ちろちろと紅い舌をのぞかせては、センセイの唇を濡らした。

——センセイ、あたし、赦さないわ。あたし、センセイみたいなひと大嫌いなの。でもあたしにはセンセイしかいないから、いいのよ、絶対に赦さないけれど、あたし、センセイの可愛い魔子よ。

それがセンセイをよろこばせる最上の言葉と知りながら、魔子は意地悪く微笑んだ。センセイは、魔子のつめたい腕を首筋に感じながら、魔子の唇に指をかけ、こじ開け、整列する白い歯に舌を這わせた。魔子は曇天を視ている。

――センセイ幸せ？

――ああ、とっても。

――幸せってそんなに近くにあるものじゃないと思うわ。あたし不幸せよ。センセイの幸せは、あたしの不幸せとおんなじものよ。ね、あたしが病室で朽ちてゆくだけの魔女ならば、センセイ、あなたは哀しい怪物ね。お似合いよ、センセイ、魔子はセンセイを赦さない、けれどね、魔子とセンセイは離れえないのよ、センセイも解っているでしょう。廃病院で、ごっこ遊びの、センセイとカンジャさん。ああ、魔子眠くなっちゃった。センセイ、一緒に眠ってくださるでしょう、いつものように。


廃墟がうつくしいのは、それが朽ちかけ埃に覆われているからではない。かつてそこに在った生活、或いは欲望の諸形態が、そのまま永遠に置き去りにされているからである。廃墟に立ち入ることとは、その真空の如きおもいでの密室を、窃視し凌辱しすみずみまで犯しきることである。倒錯者としての自己肯定と、転倒した自画像にナイフを突き立てること、その矛盾の間隙において、誰かの、見知らぬ誰かの、開かないまなこのひかりに射竦められ断罪されることである。劣化しているのは、朽ちたコンクリートからのぞく鉄筋を舐めている侵入者であり、かつてそこに在った、そこを置き去りにした人びとでもなければ、廃墟そのものでもない。換言すれば、「廃墟」とは侵入者自身である、置き去りにされたあらゆるものごとに官能している、置き去りにしえない身体をぼんやりと埃っぽい空気のうつろに立てかけている、夢視る侵入者自身である。

——魔子、魔子、わたしの可愛い魔子、

——魔子、魔子、何処へ隠れているんだい、

——魔子、可愛い魔子、出てきておくれよう、魔子ちゃん、魔子ちゃん、

センセイはひとりの寝台で目を覚ます。そして取り憑かれたかの如くに廃病院のなかを歩きまわる。

——魔子、おまえがいなくてはわたしはセンセイでいられなくなってしまう、魔子、魔子、ごっこ遊びなんかではないんだ。もう遊びなんかじゃないんだ。魔子ちゃん、おまえをうしなうことがどういうことか、おまえだって解っているだろう、ね、魔子、いじわるな仕打ちにも限度というものがあるだろう、おまえはカンジャさんでわたしはセンセイなんだ、そうでなくっちゃ、魔子ちゃん、……

回廊は回廊のためにまわり続け、回廊は回廊に出会い続ける、「何処かでお会いしましたか」「いいえ、はじめまして」「そうですか、はじめまして」「何処かでお会いしました

かね」「いいえ、はじめまして」「そうですか、はじめまして」「何処かでお会いし回廊は回廊のためにまわり続け、回廊は回廊に出会い続ける。

センセイは病室に戻る。魔子の姿は視えない。寝台に腰掛け、布団をめくる。そこに、球体の関節をもったはだかの人形が横たわっている。センセイは眼鏡がずりおちてくるのを気にしながら、うれしそうに笑って、人形を抱く。センセイの眼鏡は、レンズが砕けてしまっている。

――魔子、魔子ちゃん、ここに隠れていたんだね。おまえはかくれんぼが上手だね。すぐにいなくなってしまうのだから。

――センセイ、魔子、ずっとここにいたのよ、それなのにセンセイこそ何処へ行っていたの。あたし淋しかったわ。あたしセンセイのこと大嫌いだけれど、センセイがいなくなったら独りだわ、ね、センセイ、魔子を独りにしないで。

センセイは魔子をかき抱く、布団を頭までかぶって、凍結したかのように冷たい魔子の身体を温めようとする。幾度も口づけする。だが魔子はしんしんと冷えきっている。センセイはつよく魔子を抱きしめる。魔子の胸が欠ける、魔子の頸が外れる、センセイは気づかない。ただ窒息しそうな胸の痛みを感じている。魔子の冷たさを感じている。……やがてセンセイは、自身が魔子とおなじくらい冷えきってしまったことに気づかずに、温かな、宝物はうしなわれるためにある。或いはあらかじめうしなわれている。「ない」と解っていながら、「ない」を探す、或いは代替物に「ない」を仮託して、「ない」を在るかの如く信じようとし、いつしか信じようとしたことを忘れ、それをほんものとして愛するようになる。そして「ない」さえもなくしたとき、そこに廃墟が現出する。かれの足もとは忽ち埃に覆われ、かれは疲れた身体を、崩れかけたコンクリートの柱にあずけるだろう。灰色の舌を赤錆びた鉄筋に這わせるだろう。かれはかれ自身を置き去りにしようとし、幾度も失敗し、さまようだろう。かれを視ている瞳がある、しかしかれはおのれを純粋なる窃視者として侵入者として規定しているために、その傲慢のために、覗くことが覗かれることであるという相関関係に気づかない。かれが踏み抜いた床に、かれは踏み抜かれている。かれがかれを置き去りにしようとした試みに、かれは置き去りにされている。かれは永遠に、かれの残像を追って、愛に似せた言葉を尽くして、愛に似たなにかを手に入れようとし、永遠に失敗し続け、うしない続ける。やがてかれはそこに快楽を感じるようになる。かれは喪失の愉悦を幸福と名づける。大切に抱きしめる。「ない」を手に入れる。そのとき、かれはかれをうしなう、かれはかれにうしなわれる。「ない」はないままに、かれは永遠の喪失のなかで、かれの快楽におぼれ続ける。廃墟がうつくしいのは、それが朽ちかけ埃に覆われているからではない。かつてそこに在った生活、或いは欲望の諸形態が、そのまま永遠に置き去りにされているからである。

眠りのなかで、センセイは幾度も目覚め続けた。そのつど魔子の名を呼んだ、応答はなかった。センセイは眠りの渦のなか、独語する……
（……センセイ、魔子のいるところまできて、ね、センセイ、あと少しよ、あと一歩よ、もう眠らなくてよくなるわ、ね、あたしの言っていること、解るでしょう、
（……うん、解ってる、すぐにゆくよ、でも目が視えないんだ、なんだか暗くて寒いんだ、曇り空が、膨れて、ああ、押し潰す、……魔子、すぐにゆくから、ね、ね、わたしの可愛い、可愛い、……

——何処にもいない、魔子、…………

＊

寝台のうえ、布団からのぞかせた、ほそく青白い、長く伸びた脚を、ひく、ひく、と痙攣させながら、魔子は無表情でいる。それが魔子の恍惚の表情であることを知っているのは、それが魔子の恍惚の表情であることを知っているのは、——

魔子、その愛

渦だ。斑模様に散ったそれ、排水溝に垂れ流される油の、鈍い七色のひかりに似た腐臭立ち昇る想念の、あゝ暮れ行くものは陽か青白い一時代か……影と消ゆるおまえの横顔に張り手のひとつも呉れてやりたいと願えども、何処までもだらしなく続く今日の夜なのだった。渦は漏斗状に歪み、空間を横断して愉快、おまえはその露悪に身を打ち立てて笑っている。附された名前は……呪わしくまた美しい「あんたの不幸せは魔子の幸せ」！

おれの部屋で眠る、血みどろの思い出それがおまえだとするならば、いまどうかすべてこの世を眠りきれ、そしてその冷たいはだしで彼岸まで、彼岸過ぎて邪悪なる特異点と成りすべてこの世を暗黒の彼方へと吸い込んでしまえ。さあ立て草はらには風が吹くばかり、黒の雨で沈めよ。窓を開ければ白いおまえのはだかが天体から天体へ駆ける、おれには、そう、摑めない……、柩のなかのしずかな貌、おお死んでいるのはおれかおまえか、くり返された砂時計の、阿鼻叫喚の三分間、灰色の流動に揉まれて硝子の正反射の裡に誰にも聴こえぬ叫び声、「とても安全な嵐」。

スーツケースに、白いはだかを仕舞う。球体の関節をひとつひとつていねいにはずして、口づけさえ赦されぬその身体を右手の箱状の重みとして携えて旅に出る。戻ることは赦されていない。――雨だ。出来得る限り暗い路をゆく。足をすくわれる、いつの間にか血にまみれている。渦に呑まれる。

或いははじめから、そうだったように。

魔子――革命的自律式転覆時限装置、或いは血みどろ快楽球体関節人形に就いて

※魔子のいる非風景

「あたしあんたの血みどろで、生まれた瞬間死んだ魔子。そして医学の残酷なチューブが、あたしを生かしたねえねえなんで魔子はここにいるの？　白い燃えかすのあんたに訊いても、知ってる！　いいのよ海に撒いてそれでお終い。さようなら、あたしあんたの血みどろで、黙って散ってくあんたは魔子じゃない」

センセイが血を流して死んでいる。センセイは遂に追いつかれてしまったのだと、魔子は知っている。センセイは、廃病院で打ち棄てられた球体関節人形を愛した、それは魔子の諸形態のうちのひとつであったから、魔子はセンセイの不毛な遊びに付き合うことにした。センセイにとってただひとりきりのカンジャさんとして。センセイは魔子を愛するように、廃病院を愛した。しかし、センセイは悟ってしまった。おのれの肉体が、生者のものであることに。だからセンセイは、自ら死者になることで、永遠の廃墟のなか、死して生きようとした、それがセンセイの誠実であった。

魔子はガラスの瞳を光らせて、静かに哄笑している。この世はいつも死人ばかり？　いいえ、ここはもともとあの世だし、訪れる幾人ものセンセイはみな、生きて死をもとめて

ばかりいるのだもの。……魔子はあるときの路上の、影のような人びとの列を思い出している。彼らは死せる友人たちの為めに自らを賭して走っていった、そして散り散りになって、誰ひとりとして戻っては来なかった。あたしも、血色に染まって、駆け出したっけ。そしてあたしの時限装置が時刻を示さなくなったそのとき、人びとの群れのなかで、あたしは、ひとつの閃光となったのだっけ——

※魔子のいた風景

大きな地震が関東平野を襲った。街は塵埃と化し、動揺が人びとを支配した。ロマンチストたちは半ば愉快に思い乍ら、その思惑に反して、次つぎに「ただ在ること」の罪によって殺害されていった。頽廃が街を呑み込もうとしていた。根を張ることを是としない人びとが、根をおろせぬ土地から、根こそぎ刈り取られていった。魔子は視ていた。自らの裡で、冷たい血がふつふつと煮え滾ることをはっきりと自覚していた。これが魔子の目覚めであった。生誕であった。それは不実ではあったが不幸ではなかった。寧ろ魔子にとっては不幸こそが幸福であった。

魔子にとって、そのときから幾年月が過ぎ去ったのかも知れぬ渇いた季節に、暗い地下から火柱の噴きあがるが如く、騒乱がやって来た。魔子は歓喜した。魔子は肯定するべきものも否定するべきものも持ち合わせていなかったから、唯一その想念を燃やし尽くし、独り立ち、黒色の運動体として騒乱の現場のあちこちを飛んでまわった。魔子は所属することを怖れた。その身に権力の宿ることを忌避した。その所作を、或るひとは魔女のようだと云った。また或るひとは、女神のようだと云った。魔子は視ていた。破局へと向かう全てを視ていた。黒旗が翻った。それは、遠い、恐らくとても遠い、過去の風景へと魔子を引き摺り戻した。魔子自身の、血にまみれた出生の秘密、そして目覚め、あゝ！　魔子は恐怖した。

「これでは、これではまるで歴史よ。魔子は歴史にはなりたくない、決して、歴史になってはいけない。あたしは反復されるのではないの、魔子はその時どきに、死んでは蘇り、蘇っては死に、その間断の裡に生きる時限装置よ。生き乍ら、死んで在ること、自己にすら縛られぬ血まみれの魔子、それが……」

※魔子のいる非風景

オモイデ、と、ゆっくり発音する。魔子はその欠けて朽ちかけた人形の身体に、自ら着火する。マッチの焔があかあかと、音を立てて燃えあがり、すぐに消えた。魔子は眼窩から燃えだす。身体じゅうが剝離してゆく。魔子から離れて崩れ落ちてゆく。魔子は廃病院のベッドの上で、ひとり笑っている。白い身体が焼け焦げて、やがて火は寝台をも燃やし尽くした。焰のなかに、もう魔子はいない。床に切り取られたモノクロのポートレイトが散乱している。それは魔子の幸福な不幸の記憶。魔子という輪郭をかたちづくるフレーム。そこにも焔は迫った。燃える肖像……、肉の焼ける匂いがする。

※魔子のいる非風景

円形広場にいま人影は無く、太陽の熱光線がじりじりとコンクリートの地面を焼いている。広場の壇上に、黒旗を振る貌の無い人物の幻影が、明滅を繰り返した。それが降参の動作であるのか、扇動の動作であるのか、或いは意味をもたない反復運動であるのか、視る者もまた知る者も無かった。魔子は少し離れた緑地からそれを視ている。オモイデ、と口にする。その響きは氷のように鋭く凍りつき、やがて、ガラス片となって降り注いだ。人影の無い広場から、歓声にも悲鳴にも似たざわめきが起こる。魔子は血の滾るのを感じている。

「はじめから時間など無かった、はじめから時限装置はゼロを示していた、あたしはずっと知っていた、でもね、魔子はいま彷徨っている。その道程に、たくさんの血にまみれた貌がある、それは魔子じゃないわ。その貌のひとつひとつに出会ったことがあって、魔子はそれが皆愛おしいような気がするの。だから、全部、燃やし尽くすのよ。また魔子は血を浴びるわ、あたしを突き動かす衝動が、時限装置のそれでないとすれば、血、あたしがずっとずっと血まみれだってことよ」

※魔子のいた風景

――子、魔子、魔子ちゃん！　置いて行かないでおくれ！　おまえはカンジャさんなんだ、

――行ってはいけないよ、またかくれんぼかい、ねえ、悪ふざけはやめるんだ、魔子！

――魔子、魔子、わたしはおまえの囚人だ。ね、おまえはどうしてセンセイを裏切る？

――センセイは疲れたよ、あゝ、魔子ちゃん、おまえは、いる、のかな。

――センセイは幻を愛していたんだろうか。違う、そんな筈はない、魔子おまえは……

――おまえは鞄のなかで、デク人形に変わってた。美しい瞳は、暗い窪みになっていた。

――魔子ちゃん！　わたしの可愛いカンジャさん！　決して、決して！

――わたしを赦して呉れるなよ……!!

※魔子のいる非風景

ガラス片が降る、ガラス片が降る、これはオモイデでは無い。また失敗に終わった企ての末路でも無い。夢から夢へガラス片が降る。いつも火焔の借景、影の無い人びとの声、声、声、白昼の陽の眩暈、そしてまた夢へ、夢から夢へ、振られ続ける黒旗、空気のうねり、渦状に、波濤が砕けては散るが如く響くその声。

魔子は飛ぶことを考えている。魔子は時空を切り裂く飛行体にもなり得た。しかし、と魔子は尻込みする。
「もう何処へも、飛んでゆける場所がみつからないの。魔子はいつだって飛べる、そう、魔子は鳥じゃないわ、けれどね、魔子は飛べるの、何処までても。でも魔子知ってる。いつからかしら、墜ちるべきところが地上には存在しないってことを」

※風景

棄ておかれた六畳一間。誰も帰り着かない帰路。遺された希望の言葉「シアン化カリウム」。壊れたインターホン。訪れない訪ね人。夢みるのには十分な、ささくれた畳敷きの部屋。「十二階」から視下ろせば、街は穏やかに眠って視えた。風の如く駆けていったパルチザンたちは、遂に戻り道を辿ることなく、街の暗いところへ散り散りになった。「十二階」はずっと視ていた。崩れてなお、忘れ去られてなお、「十二階」は視ていた。

爆弾にはじまり、爆弾に終わる。そしていま、畳敷きのその下から、赤茶けた匂いを立ち昇らせて、硝煙があがる。黒衣をまとった老婆のような少女が独り、路地に佇んでいる。終わりからはじめる為めの孤立無援。数多の弔い人に「否！」を。愛した面影に薔薇を。崩れた廃病院のごっこ遊びに微笑を。少女の時計に針は無い。いま、硝煙を狼煙として、立つ。駆ける。何処へ？　何処へでも。快晴の空をヒコーキが横切る、黒光りする列車が横切る、やがて空から、ガラス片が降り注ぐ。それは歴史ではない。また記録でもない。そこに人びとの姿は無い。それは改竄され得ぬ現実として、いまも地下に脈々と根を張る。何処へ？　何処へでも。

「あたしあんたの血みどろで、生まれた瞬間死んだ魔子！」

ぼくのことを視ています

あなたの裸が白いから、ぼくは穢してやりたくなります。その、肩から垂らしているガウンは要りませんね。それを頭に巻きつけて、顔を覆ってしまいなさい。そうすれば、あなたはいっそう美しく、輝かしく、ぼくを惑わすでしょう。きつく縛ってしまいなさい。チッソクしない程度に、しかし布で覆われた顔が紅潮するくらいに。【鍵穴――さしこみます、まわします、ひきぬきます、しかしおまえにはひらけない、内側の暗闇で、拒絶しているチェーン・ロック、ぬらぬらと光を帯びておまえを殺す瞳は覗いている片目だ鍵穴】顔を布で覆ったあなたはマネキン人形です。穢れ知らずの娼婦です。ぼくがあなたを視ているから、あなたは淫靡な記号を附されて、あゝあなたはぼくの母親にもなるでしょう、ぼくに殺された死体にもなるでしょう。すべて、字義どおりに。あなたに出来ないのならば、ぼくがあなたの顔を覆ってあげましょう。きつく、頸のところで縛って、解けないようにしましょう。あ、厭な音がしましたね、ガウンのなか、その丸みと重みとで、あなたの頸が脱落したのが判る。【裏切り――いつも鮮やかに。いつも輝けるものとして。いつも希まれるものとして。言葉のうえではなく、現実に、おまえを殺すものとしての快楽】血、だ、（あなたのすべらかな体液ではない！）あなたは穢れている！　ガウンが解けて、あなたの頭部が落ちる、ガラスの瞳が視ている、落ちる、何処までも、落ちる、その高い鼻梁は血に染まり、落ちる、逆巻いてある無限の夢の間隙に、……これは合わせ鏡だあなたは視ているぼくは視ている、ぼくを視ているぼくを視ているぼくを視ている………【宛名のない手紙——常に差出人は不明だ。大抵、愛に就いて語られているが、口には出来ないから文字にするのです、と注釈が附いている。或いは、触れられないから覗くのです。恐怖と快楽の合一したところに、それはあるのです……ポストが赤いのは、突っ立っている、突っ込まれる、その羞恥に官能しているからです、手紙は暴力ですテロルです時限装置つきの爆弾です、あなた、はいますか、ぼく、は、差出人不明】さあ、ぼくを縛ってくださ い。ぼくは顔を喪いました。ぼくはあなたにもなれる、あなたの隣人にも、恋人にも、なれる。割れば破片が、皮膚をやぶいてそこからなにか思い出のようなものが滴るでしょう。ぼくのことを視ています。

悪魔は地上の夢をみる

悪意ある者たちによって
祝杯があげられている……
おめでとう！
の号令とともに
公開処刑がはじまる。
拒むおまえの両の手に
花束が渡された。
ややあ　おめでとう――
薄い影の向こうで
顔のみえない人々が拍手する。
おまえは力なく花束を胸に抱え、
俯いて微笑んだ。
悪意ある者たちの気配によって、
色とりどりに
祝祭が咲く。

おまえは泣きながら花弁をむしる、
おめでとう！
しかしおまえは気付く、
むしりとられ泥まみれで踏みつけられている
のは
おまえ自身であることに。
「はじめから知っていました、
　知っていました」
おめでとう！

おまえ
ごみくず　／転げ落ちるように、
さんぱい　／涙でまっ白の街を、
ちりあくた　／はしれ、
に帰す　／はしれ！

※

駆け出すなら今だ、

（或いはとうに生きおくれ、の……）
かがり火を高く、高く掲げて、
せめてその一挙手一投足を
薄闇に焚きつけろ。

叫び声「……悪魔！」
深夜の国道で、躓いたおまえ
の背後から、
びかびかに白色灯を光らせて迫る
無軌道な駆逐艦。
残像となって破裂したおまえの夢に
拍手の余韻だけがだらしなく反響した。

散乱した思い出のようなももいろを
拾い集めて肉屋に売り付ける。
そうしていま
おまえのからだは食卓に並べられ、
やさしげに萎びて排泄を待っている。

じん　涸れた暗渠で苔まみれに、白っぽ
じん　く乾いた魚がのたうち回って死に
　じく　かけているのを、笑ってみている
じく　私をみている。おまえ。

列車／ネイション

きおくではないなにかとして
わたしの胸の底に沈んでいる
揮発性物質に
夜、そっと火を点ける。
シャツを切り裂き、
カッターの切っ先が胸に及ぶとき
煤にまみれて、
列車が走り出す。

さわれません・さわれません・さわれません
時代ですか?ら。
握手をするより先に
振り上げる為のこぶしで、
マッチを擦るのがおまえでわたし。

抒情が燃え落ちる地平まで、
走ってゆくのが列車。
触れてくれどうか、
もう走り出した、
視えるだろう、
きらめくのが。
ヒカヒカ
列車。

橋架の外に、
踏切の向こう側に、
地下トンネルを破ったところに、
あしたはもう
やって来ているに違いなかった。

（プラットホームの下の、暗いところで生まれました。時々火花が散るので、それで本を読んだりも出来たんです。ほんとうですよ。

大きな車輪がきりきりいうのを聞いて目覚めてね、朝には油をひとすすり、そう、そう、あのころは、飢餓なんて嘘みたいな、はなしで。……でも、一たび暗闇から踏み出せば、弾け飛んでお終いですよ）

列車は軌道を超えて
薄明かりの住宅街に飛び出してゆく。
ふるさとのパノラマを引き裂いて、
輪郭を失ったたましいだけで、
駆けてゆく。
列車はだれも救わない。
だれも列車を救わない。
リズムとなって瓦解する。
それでもなお、走れ、列車、
火花が散る、
遠くの方でなにか、
合図するのが見える。

わたしは居間で
ダイヤグラムを刻んでいる。

歩行訓練

歩いて行くと途端に落ちる……

暗い路地の
影のなかから視えている、
細い足首
並んである革靴。
排気口うるさく、
ひるがえるセーラーカラーの白さ。
苛立って
わたしの通り過ぎて行く日常、

白旗だ。騒動だ。やり過ごすことに注力して、いつの間にか取り
残されている。土壌はぬるく腐敗し、ふつふつと見えない叫びを
立ちあがらせている。あんたには聞こえない声がある。わたしに

は聞こえない声がある。コップは空だ。嵐は来ない。どこかの藪で、じっと闇を視つめる者がある。焦点のずれた視線・が交叉しているのを、往来と名付け、立つ。

（非在の在を見つめ、交通事故を団地の窓から数え、花は立ち枯れ、なにも薫らない、い、い、いつもの範囲）

地上の彷徨が、幾筋も、涙のごとく、……青空を横切るのはヒコーキだろうか鳥だろうか？　……煙が流れているがあれは何か？

歩道を横断する、そこへ
無数の車輛が音もなく突撃してくる。
だがそれがなんだというのか、
ドキュメンタリーが伝えきれず、
フィクションになりそこなった、
身ぶり手ぶりの日常が、
軒先に吊るされているのを、
あらゆる通行人が黙殺して、
（飛ぶこと・忘れること）
歩行、

歩行、
歩くために、
行き過ぎるために。

震えている火力！　加害を恐れ、被害を恐れ、あらかじめ傷ついてちぢこまっている。炉には曲がった骨が白くちいさく焼け残っている。それは振りあげられた拳だった、砕かれた頭蓋だった。かつても、いまも。

＊

レールは曲がらない。
真夏の熱光線に焼かれしかしただちに固って、
停止するのを先延ばしに、
ひび割れながらずっと続く。

ぬるい風吹く午後に、
永遠の五月
永遠の月曜日

飛び込めよいま、
電光掲示板に
「人身事故」
それはなんの広告？
それはなんの祝祭《セレモニー》？

砂利に染み入ってゆく血
を、飢えてすする、
（地中深くの死屍累々……）
しかし、
（ああ　なんにもないよ。）
わたしはどこにいるなに
だ？

れんしゅうだからまだやりなおせる。れんしゅうだからころんで
もいい。だいじょうぶ、まだ、だいじょうぶ。まだ、まだ、いつ
まで、どこまで、

永く。
一瞬のごとく。
転倒したままのかげぼうし。
ロマンなんてうんざりだ。
そよいでいるだけの根無し草だ。
車輪が軋って空転するのを、
視あげて笑ったいつもの午後だ。

黒い造花の花束へ

涙雨ふる1997、足もとの暗闇に、吸い込まれてゆく落下ではない。

*

私の花はなんの花
艶やかなカトレアの花かな
心の美しいスズランの花かな
海の好きなハマナスの花かな

電車はなかなかやって来なかった。人びとの苛立ちと湿った呼気とが、換気の悪いプラットホームに充満していた。男も幾分かの苛立ちを抱えて、多くの人びとと同じようにプラットホームに立ちつくしていた。この駅が造られたのは、この都市でオリンピックが開かれた年だという。地階から少ない出口に向かって吹き上げる爆風が、そのときもいまも変わらずにごうごうと鳴っている。電光掲示板を視遣れば、「人身事故」――かれ或いはかのじょは最期になにを視たのだろう、おのれを射抜くライトの白光だろうか、かつて愛したひとの横顔だろうか、整列する革靴だろうか、なんにもない暗闇だろうか、やがてやって来る電車の、にぶく光る車輪の下で、幾人ものかれやかのじょが、粉砕されてうつくしく、笑っている……、男は目を閉じて、頭のなかを流れてゆく図像に没入していった。

花売りの少女が、小首を傾げて、花かごから色とりどりの花々を抜き出しては、さし出して来る。男はポケットのなかの小銭を少女の手に握らせて、かのじょが、まあ、と驚きの声を上げるのを背に聞きながら、蒸し暑いプラットホームへ戻る。視たことのない花だ。やさしい甘い香りは、少女の佇まいそのもののようにも思えたし、しかし同時に、そのような夢想にひと息ついているおのれの、少女に仮託した想いのさもしさに、寒気を覚えもする……。振り返ると少女の姿は無く、かのじょが立っていた筈の柱のまえには、自分と似たような風体の中年男が佇んでいるだけだった。

電車はなかなかやって来なかった。どうなる訳でもあるまいに、駅員に詰め寄って喚き散らしている男がいる。しかし、と男は思う。かれにはそうする他ないのだ。レールの上に投身した人びとが選択したように、かれもまたそのように選択して、小さな背をいからせて、怒号を上げている。駅員は職務として、かれつまり「迷惑な客」をなだめている。申し訳ございません、お待ちください、発車の連絡があり次第、アナウンスでお知らせします……。

プラットホームは愈々人びとで埋め尽くされ、改札へ戻るひと、なにごとか連絡しているひと、スポーツ新聞を乱雑に広げているひと、俯いて佇んでいるひと、それぞれがそれぞれのなすべきことをなして、うすく汗をかきながら、待っている。みな一様に、待っている。手にした花が厭に毒々しい色彩を帯びていることに男が気づいたのは、時刻を確認しようと腕時計に目をおとしたときだった。つい先刻までやさしい香りを漂わせていたその花から、いまはなんの香りも、腐臭さえ、立ちのぼっては来なかった。仔細な観察を試みるまでもなく、それは造花だった。とても精巧とは言い難い、粗雑な造りの、なんという花を模したのかも知れない、安い顔料に彩られた造花だった。造花を手に戸惑っている中年男――あまりに滑稽なおのれの姿を想像して、男は苦笑する。少女はいまその存在の痕跡を何処にも留めてはいない。ポケットのなかの小銭はすべてかのじょに渡した筈だが、そしてそれにかのじょはちいさく喜びの声を上げた筈だが、叩くと右の腿のあたりで軽い金属音を立てているそれは一体なんだろう。

男は、その手ににぎった造花を線路へと投げ入れたい衝動を覚えた。それは烈しい衝動だった。

「列車は運転を再開し、現在前駅に停車中です。五分ほどで当駅に到着の予定です。くりかえします、列車は……」

男は眩暈によろめく。そのとき線路いちめんに様々の色彩を帯びた花々が、一斉に開花した。芳香が、うつくしい色あいが、それぞれに、反撥しあって主張している。醜い、と男は思った。ごうごうと風が吹く。花々は、そよとも動かず、うつくしさを競っている。なにか恐ろしい音楽が、でたらめに、ノイズにまみれて、爆風となって吹きすさんで来るようだった。男は不意と、白い腕を視た。男に造花を渡した手だった。花売りの少女が、殆どその身を花の群れに沈めて、白い腕を器用に動かしては、花を抜き取り、小脇のかごを飾ってゆく。少女の所作は極めてうつくしく、また花かごに盛られた花々も、かのじょの選別によってうつくしい均衡を保っているのだった。その花々は、生きてみずみずしく、それぞれが慎ましい個性を纏って、咲きこぼれている。男の買った花も、少女の花かごのなかでは、凛としてまた可愛らしく咲き、やさしい香りでかれを誘ったのだった。しかし、

「たいへんご迷惑をおかけしております、××駅にて本日七時二八分に発生しました人身事故の影響により、ダイヤに大幅な乱れが生じております。列車さきほど運転を再開いたしまして、まもなく当駅に到着の見込みです……」

男は汗を垂らしてホームに佇んでいた。眼前には黒く濡れたコンクリート、にぶい銀色のレール。ごうごうと風吹く音が一層つよくなり、カーブした線路の向こうの暗闇に、光が視えた。かれの手の裡で、つよく握りしめた為めか、造花の茎はぽきんと二つに折れていた。花弁はそれでもまったくその様態を変えることなく、糸くずなど垂らして、花のかたちを保っている。少女は、少女は？　――男は辺りを見回す、花を買った柱の陰を覗く、だいたい、いまどき、花売りなんて……

……パァン――

電車がやって来た。男は電車に乗るという意志を完全に喪失していた。踵を返して改札へ向かう。刹那、車輪に、極彩色の花弁が纏わりついているのを、男は見過ごさなかった。

私の花はなんの花
母の愛のようなバラの花かな
ちょっとすましたユリの花かな
水遊びの好きなスイレンの花かな

「遅かったわね」
病室の戸を開けると、女は頸を窓の外に向けたまま、ちいさく言った。「ああ、電車が遅れていてね、折角今日は休暇を取ったというのに、時間を無駄にしてしまった」男は茎が折れて短くなってしまった造花を弄びながら、嘘を吐いた。女は、「そう」と、またちいさく言った。男は改札を出て、長い地下通路を歩きまわっていたのだった。ジャケツの胸ポケットに花をさして、地下を縦横に伸びる迷路の如き路を、少女の影を追って、延々と探索していたのだった。畢竟少女は見つからず、男は名状しがたい焦りの感情を抱えて、渋々と改札をくぐり、快復の見込みのない病に肺をおかされた妻のところへ、都市の中心部からすこし離れた或る病院の分院へ、死を待つ人びとの病棟へと、やって来たのだった。「ずいぶん、遅れたのね」「……うん」会話は続かなかった。女は男のほうを向こうともしない。男は寝台の端に腰掛けて、造花に目をおとしたきりだ。「そのひと、ぐしゃぐしゃになって死んだのでしょうね。家族が駆けつけても、誰だか判らないくらい、潰れたり弾けたりして、人間であるのかどうかも判らないくらいに、内臓を飛び散らせて、血にまみれて……」女は暗い笑い声をあげた。「え……?」


男は造花を取り落とす、寝台に横たわっている女が男のほうを視て、晴れやかに、笑った。花売りの少女だった。

「おじさん、そのお花、茎が折れちゃってるわ。短くて不恰好だし、それにそのままではすぐに枯れてしまうわ」

「え」……手もとを視遣ると、知らない花であることに変わりはないが、花はすこし萎れて、しかし多分にみずみずしさを残しており、その様態は、生花そのものだった。「きみ、きみからこの花を買ったんだ」「ええ、おじさん、あんなにお金を頂いてしまって……」

「いや、そうじゃない、そのことじゃないんだ。きみから買った花は、暫く気付かなかったのだけれど……、確かに、造花だったんだよ。糸くずが出ていたりなんかして、出来のよい、とは言えないような、いや、きみから買ったときには、確かに生きた花だった、甘い香りがしてね、しかし……」少女は、硝子玉の嵌まったような眼を光らせて、男の話を聞いている。「しかし、きみを見失ぅと、すぐに、恐らくはすぐに、造花に変わってしまった。可愛らしい花だと思っていたのが、急に毒々しい色彩に染まってね、……ぼくは、ぼくはなにを言っているんだろぅ」

ふ、ふ、と笑い声がして、男は顔をあげる。少女が笑っている。少女が腕に掛けた花かごには、いっぱいに、ぅつくしい花々が咲き誇っている。「おじさんどうしたの、そんなに汗をかいて、可笑しいわおじさん、」少女は頸もとに巻いた薄桃色のスカーフを解くと、ご免なさい、と言いながら、男の額を拭った。「あたし、ハンカチを持っていなくって。これ、使ってください。お厭だったら、捨ててしまってね」言うと少女は当惑しきった男の手から花を抜き取り、かわりに、かのじょのスカーフを握らせた。

私の花はなんの花
スマートなチューリップの花かな
いつも明るいヒマワリの花かな
山の好きなエーデルワイスの花かな

「き、きみのことを、さがしていたんだ、ずっと……」

私の花はなんの花
爽やかな朝顔の花かな
可愛い小菊の花かな
優しくつつむレイの花かな

「きみ、レールのうえで、花を摘んでいたね、あれ、死んだ人びとの花なんだろう、レールのうえで、死んだ……」

「ぼくは、視たんだ、そのとき、確かに、」

「そ、それを、きみは、売っているんだろう、ね、きみは、きみは生きているのかな、それとも、」

「おじさんは生きているの」

不意に少女の口から発せられた問いに、男は汗を垂らして、沈黙した。ごうごう、と風が鳴っている。男は沈黙している。あまたの死者たちと同じように、男は沈黙している。かれには答が無かった。しかしなにか応答しなければならないことは明白だった。

「ぼくは……」

「生きているると思っているんでしょう、おじさん」

少女の瞳が、まっすぐに、男をとらえている。

「おじさん、迷子ね」

男は、薄桃色のスカーフを握りしめたかれの左手の方へ、眼をそらす。「花を……」


「この都市をひと廻りするのに、陽の光にあたる必要などありません。暗いところから暗いところへ、連結されている通路を、曲がり、くだり、のぼり、歩くのに疲れたら、休む場所はたくさんあります。電車が細かいダイヤグラムにそってやって来ます。暗いところから暗いところへ。でも、ひとつ気をつけてください。終電車が行ってしまったら、地上へ向かわなくてはなりません。向かわなくて済む方法はいくらでもあるでしょうけれど、それはそのときに、そうすべきときになれば自ずと判ることです。地上は深夜です。人工灯が照らす深夜です。自動車の行き交う深夜です。そして、数時間ののちには、朝陽に消える、深夜です。その数時間をやり過ごせば、またくだってゆくことができます。」
▼たとえば、ピストル。たとえば、花束。たとえば、マネキン。たとえば、革命。たとえば、ロープ。たとえば、地下道。たとえば、ワゴン車。たとえば、電話。たとえば、ナ

イフ。ごうごう、と風の鳴る音がする。改札まで、四二〇メートル。革靴、かつこつと踵を擦り減らしながら、ひとりぶんの重みを支えて、何処へゆくのか知らない。

▼かれは北からやって来たという。かれは番外地から番外地へ、渡って来たという。もうひとりの男がいう。かれも番外地から番外地へ、渡って来たという。またひとり、かれ、が名乗りをあげる。そしてまたひとり、またひとりまたひとり……。

「花を売って呉れ、お願いだ、ぼくに花を売って呉れ、花売りの、おじょうさん!」男は少女の薄い肩をひしと摑むと、半狂乱になって叫んだ。スカーフが、男の手から落ちた。少女は、答えない。男を視ている少女の瞳に、かれは感情を読み取ることができない。

「ね、きみはその為めにいるんだろう! きみは、」

男は悲鳴で我に返った。視ると、かれは寝台に看護師を押し倒していた。「やめてくださいい、なにをなさるんですか、」かれは謝罪の言葉を、しどろもどろに、吐いた。肥った中年女の肩は、少女のものでも、妻のものでもなかった。

「手は尽くしたのですが……。ご本人さまのご意向も、また、ご主人さまのご意向もお聞きしたうえで、われわれに出来得る最善の処置を取らせて頂きました。しかしながら、もはや打つ手無く……ご愁傷様です、ご主人、どうかお気を確かになさってください。われわれも、残念でなりません……」かれの横には、医師が立っていた。医師の言葉の意味を、男は理解することができない。なぜか謝罪の言葉だけが、おのれの口から繰り返し発せられた。「……一六時五三分、ご臨終です」

男は妻の遺したすくない荷物をまとめ、病院を出た。門をくぐるところで、呼びとめられた。肥った女の看護師が小走りにやって来て、かれに薄桃色のスカーフをさし出した。「これ、奥さまのものではないかと思って……、寝台のしたに、落ちていました」ああ、と男は頭を下げ、それを受け取る。「ありがとうございます。お世話になりました、では……」

……私の花がありました
お話しない名のない花でした
黒い造花の花でした……

ごうごう、と風が鳴る。男は愈々ひとりになった。階段をくだる。改札をくぐる、少女は、少女は――――。手にスカーフを握りしめる。「おじさん、迷子ね」。少女の言葉が、繰り返し頭のなかで響いている。ああ、はじめから、迷子だったね、はっきりとそう言って呉れるひとがいなかっただけで、ぼくははじめから、迷子だったね。きみも、そうだろう、すれ違うひとみな、そうだろう、狂ってるって、はっきり言われたよ、しかしね、その言葉は、ぼくになんの感慨も抱かせはしなかった、それならばあなたは正常なのかと、問い詰めようかとも思ったけれど、馬鹿馬鹿しいからやめた。「おじさん、迷子ね」。迷子だ。われわれは誰もが迷子だ。——

花売りの少女は、小首を傾げて、微笑んだ。いつかと同じ所作で。いつかと同じ柱の前で。男は薄桃色のスカーフをふってみせた。少女は変わらず微笑んでいる。「花をひとつ。どれでもいい、きみがぼくに似合うと思うやつを」少女は変わらず微笑んでいる。「おじさん、おじさんが選ぶのよ。そういうものよ」

少女は布を掛けた花かごをさし出す。細い指で、布をめくる。真っ黒の、造花が、かごを埋め尽くしていた。男は、ありったけの小銭を、かのじょに握らせた。いつかと同じように。そして云った。「ひとつ、というのはやめにするよ。全部、ください。これに包んで」少女にスカーフを渡す。少女は微笑む。花束となったそれらはやはり黒く染め抜かれた造花で、しかし、薄桃色のスカーフのなか、不思議とうつくしく映えて視えた。

男はプラットホームへ向かって歩き出す。いつかと同じように、混雑している。いつかと同じように電光掲示板を視遣れば、「人身事故」。だがいつかと同じように振り向き、はしない。「人身事故」また花が咲くだろうか。それをあの白い腕が摘み取って、花かごを飾るのだろうか。暫くののち、電車がやって来るだろう。ぼくは線路へ、花束を投げ入れるだろう。なんの為めにそうするのかは判らない。だがそうしなければならないと、ぼくは確信している。さようなら！　さようなら！　途切れないレール、終わらない日常、あまたの迷いびとの為めに、やさしい花売りの少女の為めに、黒い造花のおのれのおまえのおまえたちの為めに、……風が鳴る。ごうごう、と、視えない深奥から、風が鳴る………

さようなら！

＊行分け詩の部分は、永山則夫『無知の涙』収載の詩「私の花」より全文を各連に分けて引用した。

夢

吹くにまかせていた風に、
貌を削ぎ落とされた。
おれは一体のマネキン人形となって
信奉者たちの列に並んだ。
何かを信じるのではない、
信じることを信じる想念に、
降参の身ぶりで加わる。

　名前を呉れよ、
　名前を呉れよう！

列はうねり、逆巻く焔の如く
烈しくその形を変えながら続いていった。
おれは英雄の現れることを希んだ。

その信ずるところを信じた。
あゝ
しかし
とりまく闇のなんと暗いことか。
地面覆うコンクリートのなんと脆いことか。
そして列はいつしか祭壇へ続いている。
モノクロームの儀式が執り行われている。
列はうな垂れている。
すすり泣いている。
おれは故知れぬ倦怠によろめき乍ら続く。
英雄は現れた！
死せる英雄は、死して現れた！
英雄はおれたちの時代を駆けはしなかった！
信奉者たちは悲嘆にくれる。
列は渦となり列そのものをその中心へと吸い込んでゆく。
そこにろうそくの火が灯っている。

勝敗ではない、企てでもない、

はじまることが、
はじまらないのだ。

風だ。
風が脆い燭台をへし折った。
ついにすべては闇と消え、
風が獰猛に攫って行った。

名前を呉れよ、
名前を呉れよう！

おれはそれから、英雄の光るガラス玉のまなこを傷つけ、
おれはそれから、を憶えていない。
煙の匂いがする………、

いま街路を転がって
風にまかれた手紙には宛名が無い、

ただ差出人の名前だけが
異様な現実味を帯びて血の色をしている。
おれには持つものが無かった。

カゲロウは死んだよ！

手渡すものも無かった。
また、
受け取るものも無かった。
旧い時代の汽笛が聴こえる。

カゲロウは死んだんだ！

旧い時代の汽笛の音が聴こえるか。
おれは愛おしく想った、
そして転んだ。
そのままだ。
それがおれの手渡すべき夢として、

壊れた音を立てて、烈しく
燃えはじめる。

沖へゆけと彼は云った

まだ明けぬ夜のしじまに
彼は暗い海を指差し
沖へゆけ
と一言云った
彼はそれからだんまりだ
眼に小さな光を湛えて
彼は夜の灯台となった
沖へゆけ
海は荒れている
舟は不安定に波間を上下した
舟出に嵐
死にゆく者たちの為めにあるような
素晴らしい出航のとき
舟ははしる

波から波へそして沖へ
ランタンの灯はあかあかと
暗い夜風に瞬いて消えた
おお
この暗闇
すべてを
この世の凡そすべてを
呑み込んでなお余りある引力の不思議
セイルは破れ
舵は朽ち
しかし舟の突端は沖を目指す

夜明けだ
水浸しの部屋で
模造船を毀す戯れごと
沖へ
沖へゆけ
ベッドのうえに眠るセイラー

きれいに浄水された水槽
一呼吸に死んでゆく細胞
歪んで視えるテレヴィジョン
あぶくを吐き出し乍ら伝えられる朝のニュース
Tsunami,
と聴いた
まるでそれ自体が一体の生物であるかのような
死骸の街

戸を開けて
沖はまだか
海は天にあるのか地にあるのか
ふやけた足裏では判らない
彼は知っていた筈だ灯台
うつくしい潮の満ち引き
あらわに転がるは
陽の強さに黒く瓦解する
日常

そして
目指されぬ標となった
わたしたちの骨のざわめき
つぎつぎと透き通って消えてゆく
沖へと向かう舟の夢　夢

波音…………、

海のある風景

滲んだ色彩のペインティングス、海風を浴びて青く染まる。おまえは遠浅の水底に沈んでいる。マネキンを抱くような真似はもうご免だと言った、そして愛と付け加えた。おれたちは黙って佇んでいた。往来にひかりが爆ぜていた。手遅れだと誰かが言った。都市のだらしないモアレのなかに、煙があがるのを視た。視たように錯覚した。錯覚を悟って、しかし、おれたちは視たと言った。並ぶ窓の反射を視て、ハチノスだと言った誰かがいた。おれでなくおまえでもない、おれたちのなかにひっそりと紛れている誰かがいた。いながらにして、戻らない誰かがいた。

おれたちは秘密を持ち寄ってよろこんだ。互いのかたちを崩しては、血の赤をうれしく思った。いま波が洗う、濁った皮膚の下に、不可視のなにかが満ちていると思い込んで探りあった。おれたちは或る地平を視た。そこには幻が踊った。拳を突きあげて歓喜した。うつろいゆく者たちの、過ぎたきらめきがあった。狂うことに狂って、ああひかりは冷たい。冴え冴えとした熱病におかされ、波濤が砕けるそのかたちそっくりに、非定形の動性だけがおれたちを押し倒し追い越して行った。遠い海辺を思いながら、畳敷きの部屋で抱きあって眠った。幻と抱きあって眠った。
墓場だ。並ぶ墓碑銘にはなにも刻まれていない。そこに影に似た人びとがある。それはおれでありおまえでありおれたちだった。名前も故郷も失くした行旅死亡人だった。はちきれそうに飢えている無言の移ろいのなか、おまえたちを数えあげるおれのまなざしは、しかし、誰のことも視ていない。――「帰るの?」「何処へ?」「ここにいるの?」「いない」「何処にいるの?」「いない」「誰が?」「いない」石のようにだんまりの灰色だ。

身体は焼けたセルロイド、瞳に砕けたガラスを光らせ、まだらの赤い唇を結んで、仰向けに、沈みながら、おまえ。おまえだけ海原に揺れている。白いひかりに包まれて、涙とも海水とも吐瀉物とも知れない、からいなにかの満ち引き。おまえだけ、おまえだけの渡り。

部屋にひとりで死んでいる。首に切れたロープが絡んでいる。美しくふくれてはじけている。昼だ。切符を握って果てる。思いだけ、思いだけの旅路に、旅人としては帰らない。おれたちの、おまえの、おれの、ひとりの、部屋は満ち足りて過不足なくひとりだ。

……波の音が聴こえる。列車の警笛が聴こえる。

風景——Why Don't You Eat Carrots?

　ビルの隙間から秋空あをく
照ってかなしく白光消えゆく
つまりは一つの呪いなのだ
顔の砕けたセルロイド人形
のまっすぐに伸びる国道
のサファリ・パークの落日
の白紙で出した答案用紙
　　　の燃えるキリン
　　　　の横断歩道
　　の舞踏するおまえ
　　　　の穂首刈り
　　　の転がる土くれ
　　の nobody knows
　　　　の転がるおれ

の

頭がふうわりとはじけたように
彷徨するのが作法だろう
つま先立ったような恰好で
脱力しながら歩きまわる
そういう道程に
おまえ
足もとに転がっている
石を投げてみせなよ

なにか鳥のような飛行物体が不意と
旋回してみせ
そして急降下
雷鳴とともに消えて
しまったのさ。

左岸の踊り子によろしく

或る男の為めに、切り落とされる耳は左耳でなくてはならなくなったが、その血色の鼓動の為めに、抉られる胸部は中央をすこし左にそれたそこでなくてはならない。濡れたような銀色は、雨の日に殺される踊り子の、くぐもって聴こえる悲鳴の暗喩だ。踊り子に名前は無い。ついに呼称されることなく幕は引かれる。いつも、何度でも。踊り子にはうちがわが無い。その意味に於いて踊り子はマネキン人形に似ている。踊り子がわれわれのまえに立ち現われるとき、それは内部が外部に、外部が内部にひっくり返る狂気の饗宴のはじまりの報せだ。よろこべ、紙幅ならばまだ幾らでもあるし、逆に、まったくないとも言える。或いは一切を語らずして、おまえの胸にナイフをつきたててやろう、おまえがおれにそうするのでもよい、結果するところは同じ、最期の叫びの用意だけしろ。

狼煙など合図など、はじめからその準備はなかった。知っていてしかし、信じようとする熱病と、うつろな肉体のやり場のなさとが合一し、その脚の駆ける為めにあることを、その腕の振り回す為めにあることを思い出した。海はいつも風景のなか静かに在った。静寂の海が、さわさわと、やさしく波立って在った。そしておれもおまえも、かならずそこへ辿り着けないのだった。騒動があった。しかし煙はあがらなかった。おれもおまえも突っ立って在った。ふたりは海を視ていた筈だった。互いの肩を抱くかの如くに、海を視ていた筈だった。視線は平行に、交叉した。そのときの静けさ。そのときの……、

※

思い出せずに、彷徨っている。なにを忘却してしまったのか、それさえ記憶の裡に蘇って来るならば、すぐにもこの彷徨をやめることが出来るだろうに。雨だった。蒸し暑かった。安傘さして佇むおまえのかすれた肖像画。風景は白く煙り、ああ。その。風景の、意味。意味意味意味意味。そんなものに囚われてこれではまるで亡霊だ。思い出せない、何処からはじめ、何処でおわり、否、はじめだとかおわりだとか、地点の問題ではない。問題なのは、問題が判らないことだ。脚をとめてはならない。意味から一歩ふみだす為めに。意味から失踪してみせる為めに。

やわやわと渡ってゆく底にいるの、わたし。
わたしが繁茂して、そのひとつひとつがふつふつと呼気を噴きながら、
死んでいるの。わたし。わたしではなくてその、
とうめい度とかあくたとか揺れとか、そういうものどもの死を言っているのよ。
わかるでしょう、「白さ」

ああ。だめ。
そんなにつよい言葉ではどこへもゆけないわ、

おれは、幾人かのおまえ、の容貌を思い出している。それぞれに異なった色合いを附された、断層のような肖像をまえに、おれは疲労している。また意味がやって来る。血なまぐさい影を背負って、意味がやって来る。それは恐怖ではなかった。快楽でもなかった。いずれかの色彩を帯びていたならば、おれはすこしの安楽を手に入れることが出来るだろう。しかしおれのまえに立ちはだかっているのは、断絶と皮肉な笑いだけだった。

※

供物はすぐに腐るだろう、おまえより先に腐り落ちるだろう。花々もすぐに枯れるだろう、祭壇は彩られる為めにあるが、まつりはすぐに終わってしまうから。

よく晴れた高い空を、ゆるい曲線を描いて分断する送電線、吊るされてたわんだ思考の永い永い曳航、何処へも辿り着かない旅路。知っていてそれでも賭けることに賭けるおまえの、括ることに括る実験よりもはやい実践。平坦な土地だ。乾いた土地だ。拓けて明るい土地だ。地中の死屍累々だ。切断された地下茎と伸びゆくビル群だ。おれは立って歩く。白昼の引力が、やさしくまた残酷に、おれを象って離さない。書き記すまでもなく生きている。風の吹く如くに生きている。かなしみは瞳を潤し、こぼれ落ちるまでのひととき、おれの渇きを癒す。その一滴の為め陽のもとに身をさらし、待っている。
風景は逆さ吊りにおれの眼窩から流れ落ち、額装されて道端で売られる。売り手はないが、ときおり買い手が現れるので、未だおれはこの世と結んだ手を離せずにいる。ここ、恐らくはおまえが、ふりきった場所に突っ立って在る。幾度めの目覚めだろう。幾度めの眠れない眠りだろう。(目覚めない眠りではない!)

やわやわと渡ってゆく底にいるの、わたし。
あなたの好きな、風、は、ここでは吹かない。
ここはしずかよ、
あなたはそういうのを、怒ったようなかおをして、それでも
さいごに認めてしまうのだわ。
ガラス瓶のなかに嵐をとじこめて、たいせつに、たいせつに、しまっておく
ような、
ひとだもの。
あなたはいつも、
そう、こんなことばはつかいたくないのだけれど、

周回おくれ、
ね。

夜は静か、かなしみもよろこびもない。視上げれば銀河、である筈はなく、ただ天井の白みが、なにも語らずにあるだけだ。手をかざす、しかしおれは白を黒に変える魔法を識らない。唯一まぶただけが、おれの瞬きだけが、日々擦り切れる固着しないおもいでとしてあり、過去を唄い現在を分割し未来を知らない。叫び声「死ぬのはいつも他人ばかり」！　弔うのはいつもおればかり。否否、足蹴にしておしまいだ、おまえは、おまえたちは、泣き顔など涙など、真平御免と笑う筈だ（ああ。どうしてだろう死人だらけだ……）、そんなものだろ、さあ、あとはおのれを追い越せ追い越してグッドバイ、知らん顔でやるのが好い。

※

こんなにも、ない、が、ある。こんなにも、おまえ、が、いる。折れ曲がって陽に背を向け、痛苦の叫び声をあげる人びと。舞い散るガラス片の反射光。視たような景色だ。これは現実ではない。これは虚構でもない。それではなにか、……言葉だ。唾棄しろそんなもの。燃やせそんなもの。だが仔細な観察をやめてはならない！　そしてまたおれはおまえは、おれ自身をもおまえ自身をも、唾棄し燃やし尽くさなければならない。

やわやわと渡ってゆく底にいるの、わたし。
みあげると、
陽のひかりが揺らめいて、いた、ころも、
あったわ。
いまはわたし、もっと深くにある、から。
もう、
暗いひかりがはるかたかい澱みのなかにあるのを、
ときどき
みあげてみるだけ、なの。
ねえ、このあたりに
わたしに似た堆積をみることが
あるわ。
いつかのあなたにも
似ているのかも知れないわ、
わたしとあなたと、よく似たあるきかた

を、していたころがあったのを、わたし、
憶えている
もの。

※

　踊り子に静止はない。踊る為めに踊るがらんどうの運動体がそれだ。肉体が死すれば、踊り子も死ぬのだろうか、否、そうではない。踊り子に与えられるのは永遠の途絶ただそれだけだ。そこで踊り子の運動は一種の静止をみるが、これはなんらの意思も介在しない無明の闇へと踊り子が放り出されたということを意味するのみで、真の意味においての、絶対的な静止ではない。踊り子には本意も不本意もない為めに、肉体の死は踊り子にとり一切の意味をもたない。

あ。
わたし、浮かんでゆくわ。
夢をみているみたいよ、いいえ、これは、夢、
なのかしら。

わたし、
うちあげられたわ。
ひだりぎしに
うちあげられたわ。
これは、二回目の、
にかいめの、……し、…………

おれはおまえをかき抱く。おまえの胸に口づけをして、傷痕に、ナイフを突き立てる。さあ、おれの為めでもおまえの為めでもなく、眠れ！　外科室で解体される夜の検体を燃やせ。かぶせられた薄い布からのぞく白い脚のまっすぐに伸びるのを燃やせ。閉ざされた窓の外できらめいている光のひとつひとつを燃やせ。あかあかと照りつけろ、そして、真っ黒に焼き尽くせ。そうすればほんとうの夜がおとずれるだろう。ほんとうの、身をかくすに足りる闇が現出するだろう。そうすればおれは眠れる。おまえを、おれたちを、眠りきることが出来る。やがておれは目覚め、カーテンを引くが如く燃え落ちた朝に向かって、走りはじめる。海が満ちる。静かだ。もう迷うことも惑うこともない。おれは、おれたちは、そこへと、海へと、走る、走る、疾駆する。左岸の踊り子に、よろしく。

【でらしね】仏語。根無し草の意。転じて、故郷を喪失した人間をさす。

でらしね

著者
小林《こばやし》坩《かん》堝《か》

発行者
小田久郎

発行所
株式会社思潮社
〒一六二―〇八四二 東京都新宿区市谷砂土原町三―十五
電話〇三（五八〇五）七五〇一（営業）
〇三（三二六七）八一四一（編集）

印刷・製本
創栄図書印刷株式会社

発行日
二〇一三年十月二十日第一刷　二〇二一年十二月二十五日第二刷